AF216897

Marlene Schreiner

Diese Stimme

tredition

© 2023 Marlene Schreiner

Druck und Distribution im Auftrag der Autorin:

tredition GmbH, Heinz-Beusen-Stieg 5, 22926 Ahrensburg, Deutschland

Das Werk, einschließlich seiner Teile, ist urheberrechtlich geschützt. Für die Inhalte ist die Autorin verantwortlich. Jede Verwertung ist ohne ihre Zustimmung unzulässig. Die Publikation und Verbreitung erfolgen im Auftrag der Autorin, zu erreichen unter: Marlene Schreiner, Obere Hauptstraße 68, 2291 Lassee, Austria.

Ich empfinde tiefe Dankbarkeit für all die bereichernden Begegnungen, die mir im Laufe meines Lebens begegnet sind.

Meinen Lesern wünsche ich viel Freude beim Lesen!

Inhalt

„Kümmere dich um deinen Körper.
Es ist der einzige Ort, den du zum
Leben hast." – Jim Rohn

Borderline

Das Autofahren an sich war kein Problem, aber jedes Mal, wenn ich über Kanaldeckel fuhr, spürte ich einen stechenden Schmerz in meiner Brust. Sie war noch ein wenig angeschwollen, doch die Narbe verheilte schön. Nach meiner Ankunft im Spital suchte ich die Gynäkologie-Station und ich musste im Wartezimmer Platz nehmen. Nach kurzer Zeit wurde ich ins Untersuchungszimmer gerufen, wo mich ein junger Arzt begrüßte. Er erkundigte sich nach meinem körperlichen Wohlbefinden und bereitete sich auf die Besprechung der abschließenden Untersuchungsergebnisse vor. Während ich auf einem unbequemen Holzsessel hockte, saß der Mediziner bequem auf einem Drehsessel und überprüfte meinen Befund. Sein Blick schien unsicher und nachdenklich. Plötzlich entschuldigte er sich bei mir und sagte, dass er eine Zweitmeinung von einem Kollegen einholen müsse. Er verließ den Raum, und in diesem Moment überfielen mich Gefühle von Angst, Nervosität und Sorge, die mir mittlerweile leider allzu vertraut waren. Meine Hände wurden schweißnass, und mein Herzschlag beschleunigte sich. Nach kurzer Zeit kehrte der Arzt zurück, setzte sich wieder hin und erklärte mir, dass der operierte Tumor als "Borderline" eingestuft wurde, was bedeutete, dass er zwischen gutartig und bösartig lag. Seine nächste Aussage war, dass ich in einem Jahr ein MRT machen müsste, um zu überprüfen, ob alles vollständig entfernt worden war. Falls nur ein kleines Stückchen zurückgeblieben war, könnte es wieder nachwachsen, entweder gutartig oder bösartig. Mit dem Befund in der Hand verließ ich das Krankenhaus und kämpfte mit unterdrückten Tränen. In diesem Moment begann ich über mein Leben nachzudenken, und plötzlich hörte ich eine leise Stimme.

Rosmarie, du machtest dir in den letzten 25 Jahren immer um alles und jeden Sorgen. Du versuchtest es immer allen recht zu machen, außer dir selbst. Du hast Streit zu Hause geschlichtet, warst immer für deine Freunde da und hast in Beziehungen alles gegeben, ohne auf dich zu achten. Jetzt ist es an der Zeit, aufzuwachen. Ich mache mir so viele Sorgen um dich. Ich möchte nur das Beste für dich. Dein Körper signalisiert dir, dass es Zeit ist, dich um dich selbst zu kümmern. Es ist Zeit, dich selbst zu lieben. Es ist Zeit, deinen eigenen Weg zu finden. Es ist Zeit, darüber nachzudenken, welche Träume und Ziele du hast. Es ist wirklich Zeit, aufzuwachen.

In den folgenden Seiten werde ich Momente und meine Gedanken zu Themen festhalten, die mich auf meinem bisherigen Weg bewegten. Dabei begleitet mich diese Stimme, die zu meinem wichtigsten Kompass geworden ist.

„Ein ungeübtes Gehirn ist schädlicher für die Gesundheit als ein ungeübter Körper." - George Bernard Shaw

Gehirn - Ein Phänomen

Nach meinem Phylloidtumor beschäftigte ich mich mit sehr vielen Themen unter anderem las ich viel über die Gehirnforschung. Während dieser Auseinandersetzung wurde mir bewusst, welche erstaunliche Intelligenz und Komplexität unser Gehirn besitzt. Es kann durch ständige Wiederholungen alles erlernen und schließlich in einen automatischen Modus übergehen. Ein Beispiel hierfür war meine Führerscheinprüfung, bei der ich mich anfangs beim Schalten noch sehr konzentrieren musste. Doch mit der Zeit wurde es zur Gewohnheit und ich schaltete ganz selbstverständlich, ohne bewusst darüber nachzudenken. Mir wurde damals klar, dass ich meine Gedanken genauso trainieren könnte wie Bewegungen und daher begann ich mit dem Meditieren und mit Glaubenssätzen. Eine fesselnde Frage beschäftigte mich: „Wenn unser Gehirn in der Lage ist, sich an seine biologischen, chemischen und physischen Eigenschaften anzupassen oder sie zu verändern, könnte es dann möglich sein, mit unseren Gedanken Krankheiten unseres physischen Körpers in Gesundheit zu transformieren?"

Rosmarie, ich bin fest davon überzeugt, dass alles möglich ist. Die Tatsache, dass bei einer dissoziativen Identitätsstörung verschiedene Persönlichkeitszustände mit unterschiedlichen Charaktereigenschaften, Verhaltensweisen, Fähigkeiten und Denkmustern existieren können, zeigt, dass unser Gehirn eine erstaunliche Fähigkeit zur Anpassung und Veränderung besitzt. Es ist doch hochinteressant, weil es unmöglich klingt, dass in einer Person zwei oder mehr Persönlichkeiten stecken und diese unterschiedlichen Handschriften, Geschmäcker, Sprechweisen sowie Krankheitssymptome haben. Wenn ein derartiges Phänomen vom Gehirn gesteuert möglich ist, erscheint es mir logisch, dass der Geist, der Körper und die Seele miteinander verbunden und in Wechselwirkung stehen. Die Möglichkeiten, das Gehirn und dadurch den Körper zu beeinflussen sind faszinierend. Ich finde es großartig, dass du dich intensiv mit diesen Themen beschäftigst und daraus viel lernst.

Täglich sprach ich Glaubenssätze und praktizierte geführte Meditationen. Im Laufe der Zeit entwickelte ich meine eigene Form der Meditation, bei der ich mich besser spüren konnte. Meine Grundstimmung wurde von Gelassenheit, Vertrauen und Liebe geprägt. Die zwei Jahre die ich mich während meiner Masterarbeit mit solchen Themen beschäftigt hatte, erwiesen sich als äußerst wertvoll. Denn kurz darauf erhielt ich meine zweite Diagnose.

„Ich erfreue mich an der Erkenntnis,
die Macht über meinen Geist zu haben,
ihn auf jede Art, die ich wähle,
zu benutzen. " - Louise L. Hay

Tumor, hello again!

Als ich die Zeilen meines Befunds las, begannen Tränen über meine heißen Wangen zu kullern. Ich dachte: Nicht schon wieder. Es stand, dass ich wahrscheinlich einen bösartigen Tumor in meiner linken Brust hatte. Ich war erst 28 Jahre alt und bereits vor drei Jahren an meiner linken Brust operiert worden. Fuck! Es fühlte sich an, als würde die Welt für einen Moment stillstehen. Ich fragte mich, was ich tun würde, wenn ich nur noch ein Jahr zu leben hätte, und erhielt sofort eine Antwort.

Rosmarie, flieg nach Neuseeland. Es ist einer deiner größten Träume. Wenn niemand dich begleitet, dann fliege alleine. Du schaffst das.

In diesem Moment stand für mich fest, dass ich nach Neuseeland reisen würde. Ein Gefühl von Stärke und Entschlossenheit durchströmte meinen Körper. Ich würde diesen Traum nicht aufgeben, auch nicht alleine. Wenige Sekunden später überwogen die Hoffnung und Entschlossenheit die negativen Gefühle. Nur einige Monate zuvor hatte ich meine Masterarbeit über das Thema "Inwiefern kann die

Arbeit mit inneren Bildern den Verlauf einer Krankheit beeinflussen?" geschrieben, und ich stand zu jeder Zeile. Ich war überzeugt, dass meine Gedanken und Einstellungen einen positiven Einfluss auf meine Heilung haben könnten. „Das sind nur Buchstaben auf einem Blatt Papier und ich kann und werde meine Krankheit positiv heilend beeinflussen."

Tag für Tag widmete ich mich intensiven Heilmeditationen und schottete mich von der Außenwelt ab. Ich erzählte so wenigen Menschen wie möglich von meinem Tumor, denn ich wollte kein Mitleid oder eine Belastung für andere sein. Stattdessen baute ich meine Familie und mich selbst mit positiven Worten auf und sagte immer wieder, dass ich es schaffen würde. Ich brauchte Zeit für mich, um meine positive Grundstimmung aufrechtzuerhalten, denn ich war zutiefst davon überzeugt, dass ich einen bedeutenden Beitrag zu meiner Heilung leisten konnte.

Die Kraft, Zuversicht und Hoffnung, die mir meine Masterarbeit und mein eigener Glaube gaben, machten mich zu der stärksten Version meiner selbst, die ich bis dahin kannte. Manchmal tauchte für wenige Sekunden der Gedanke auf, dass es vielleicht nicht gut ausgehen könnte, doch ich verdrängte ihn sofort und fokussierte mich auf positive Gedanken. In mir spürte ich eine tiefgreifende Gewissheit, dass meine Zeit auf dieser Erde noch nicht vorbei war. Ich hatte noch so viel zu geben und zu bewirken, dieses Gefühl war so intensiv, dass es für mich nur diese Wahrheit gab.

Du bist die Schöpferin deines Lebens. Du kannst deine Krankheit beeinflussen. Du hast all die Kraft in dir, die du brauchst. In dir ruhen heilende Kräfte, die du aktivieren kannst, Rosmarie.

„Wir alle tragen das Gen des Universums in uns, die Schöpferkraft." - Maria Struck

Meine Schöpferkraft

Als ich ins Krankenhaus fuhr, überkam mich ein unendlich starkes Gefühl der Erkenntnis, dass ich tatsächlich die Schöpferin meines Lebens bin. Mir wurde klar, wie viel ich selbst zu meinem eigenen Gesundheitszustand beitragen konnte. Die Verantwortung lag allein bei mir, welche Gedanken ich zuließ und wie ich für meinen Körper sorgte. Ich erkannte, dass ich in dieser Zeit selbst meine Gesundheit beeinflussen und meine Krankheit in eine positivere Richtung transformieren konnte. Dieses mächtige Gefühl war überwältigend. Es war, als ob ich meine eigene Schöpferkraft entdeckt hatte und spürte, wie meine Visualisierungen und stundenlangen Heilmeditationen tatsächlich meine Krankheit in eine positive Richtung lenkten. Nach Spezialuntersuchungen im Spital und Ärzten, die mir zuvor sagten, dass ich Krebs hatte, bestätigte mir mein Brustarzt drei Wochen nach dem Erhalt des nächsten Befunds, dass der Tumor nun eher einem Polypen ähnle. Eine Operation war dennoch notwendig, um mögliche Risiken auszuschließen, da sich der Polyp auch bösartig verändern könnte.

Ich glaube dir, dass das das stärkste Gefühl in deinem bisherigen Leben war. Versuche es dir immer zu bewahren und darauf zurückzugreifen, wenn dir einmal die Kraft fehlen sollte. Erinnere dich immer dann an deine Schöpferkraft und die Macht, die in dir steckt, denn du weißt nun, wie sie deine Situation beeinflusste, Rosmarie. Denke an Shaolin-Mönche, die unglaubliche Fähigkeiten besitzen. Shaolin-Mönche sind ein inspirierendes Beispiel für die Kraft des Geistes und der Gedanken. Sie beherrschen unglaubliche Fähigkeiten. Sie können auf Nadeln gehen, auf dem Bauch auf Speerspitzen liegen oder Beton mit der Hand zerschlagen und sie verletzen sich nicht. Denke an die Grundsätze dieser Mönche. Zum Beispiel sich selbst anzuerkennen, auf sein Gespür zu achten, nur zu handeln, wenn der Wille da ist, gelassen in jeder Situation zu sein und allem gegenüber keine Angst zu haben, auch nicht vor dem Leben oder dem Tod, sich auf das Wesentliche und den Augenblick zu konzentrieren und aufgeschlossen gegenüber allem Neuen zu sein, das auf dich zukommt. Jede Wirkung hat ihre Ursache. Meist ist uns diese Kraft nicht bewusst und wir möchten uns nicht eingestehen, dass wir für alles in unserem Leben selbst verantwortlich sind. Die Shaolin-Mönche wussten schon sehr früh, dass jeder Gedanke zu seinem Sender zurückkehrt und leben nach den universellen Gesetzen. Laut ihnen ist alles Energie und daher ist auch ein Gedanke Energie. Jeder Gedanke verändert demnach das biologische Muster im Gehirn und daher ist kein Gedanke einfach nichts. Jeder Gedanke hat eine bestimmte Schwingung. Wie bei der Selbsthypnose und dem Heilmeditieren setzen auch die Shaolin-Mönche den Glauben in ihre Gedanken. Ich weiß, dass du vieles zu deinem Heilprozess beigetragen hast. Ich bin sehr stolz auf dich.

„Es gibt nur zwei Arten zu leben.
Entweder so als wäre nichts ein
Wunder oder so alles wäre alles ein
Wunder." - Albert Einstein

Glaube an Wunder

Ich konnte es kaum erwarten, alleine nach Neuseeland zu fliegen, denn ich spürte, dass ich diese Zeit mit mir selbst dringend benötigte. Die Gedanken über meine noch heilende Wunde auf der erst kürzlich operierten linken Brust verblassten bei meiner Ankunft, obwohl ich noch ein wenig Restflüssigkeit verlor. Als ich ein paar Tage später in Coromandel am Hot Water Beach ankam, einem Strandabschnitt an der Pazifikküste der Nordinsel, schaufelte ich mir eine Pfütze im Sand und hockte mich in das heraufbrodelnde, natürliche Quellwasser. Ein Gefühl von Leichtigkeit durchströmte mich. Ich schloss meine Augen und lauschte dem Geräusch der Meereswellen, während eine leichte, warme Brise meinen Körper streichelte. In diesem Moment spürte ich eine Träne über meine leicht geröteten Wangen laufen, denn ich war unendlich dankbar. Dankbar dafür, dass meine Krankheiten mich zu einem neuen Blick auf mein Leben geführt hatten. Durch das Erkennen meiner inneren Kraft und ein besseres Verständnis für mich selbst, konnte ich meine Träume nun genauer und klarer erkennen als je zuvor.

Vieles wurde schon als "unmöglich" betrachtet, bis jemand es "möglich" gemacht hat. In diesem Augenblick füllten sich meine Gedanken mit den vielen Wundern, die uns umgeben und die in der Geschichte der Menschheit immer präsent waren. Ich dachte an Herakles, die griechischen Götter oder Jesus Christus. Alles, was unser Körper tagtäglich leistet und unser Leben durchzieht, kann als Wunder betrachtet werden. Ich las einmal, dass unser Herz an einem einzigen Tag 8000 Liter Blut durch unseren Körper pumpt, unsere Oberschenkelknochen das Gewicht von 21 Männern aushalten könnten, unsere Augen sieben Millionen Farben unterscheiden können und wir 6000 Mal mehr neue Zellen bilden, als die Milchstraße Sterne zählt.

Wunder sind da, um erlebt zu werden, Rosmarie. Im Laufe deines Lebens wirst du viele äußere Einflüsse, Umwelteinflüsse, Beziehungen und Schicksalsschläge erfahren. Vergiss nicht, dass in solchen Zeiten die Beschäftigung mit dir selbst von entscheidender Bedeutung ist, um dich zu vervollständigen, zu heilen und zu dir selbst zurückzufinden. Das Leben geht nicht immer nur bergauf, aber es ist wichtig, sich bewusst zu sein, dass nach schwierigen Zeiten oder Verletzungen auch wieder gute Zeiten kommen werden. Die Umstände mögen sich verändert haben, aber die guten Zeiten werden zurückkehren. Wichtig ist, sich immer daran zu erinnern, dass alles, was wir brauchen, in uns zu finden ist. Wir tragen die Stärke, die Kraft und das Potential in uns vieles möglich zu machen. Das Leben ist wie ein Spiel. Du entscheidest, welche Karte du behältst, welche du zurücklegst oder welche neue Karte du dir nimmst. Kommenlassen, Loslassen, Dalassen, es ist immer deine Entscheidung.

„Die Möglichkeit, dass Träume wahr werden können, macht das Leben erst interessant." - Paulo Coehlo

Der Neuseeland-Traum

Während meiner Fahrt von Wanaka nach Queenstown auf der Südinsel Neuseelands wurde ich von der ruhigen Umgebung der Seen und Berge ergriffen, die eine angenehme Stille in mir auslöste. Die Zeit allein tat meiner Seele unglaublich gut. Ich spürte, wie sie mit jedem Tag mehr Heilung erfuhr. Die vier Wochen in Neuseeland waren eine Zeit, in der ich lernte, Herausforderungen anzunehmen und unvorhersehbare Situationen zu meistern. Die vielen Kilometer, die ich oft zu Fuß zurücklegte, wurden zu einer Art Gehmeditation für mich. Die wunderschönen Wälder und die unglaubliche Ruhe ließen mich intensiv in meinen Körper, mein Herz und meine Seele hineinhören. Dabei reflektierte ich mein bisheriges Leben und empfand Dankbarkeit für all die Höhen und Tiefen, die ich bisher erleben durfte. Die Reise nach Neuseeland erfüllte mir einen meiner größten Träume und brachte mir die Erkenntnis, dass ich tatsächlich von einer monatelangen Reise träumte. Ich versprach mir selbst, meinen Träumen so gut wie möglich zu folgen, auch wenn unvorhersehbare Hindernisse meinen Weg kreuzen sollten. Das Leben ist voller Herausforderungen, aber ich bin fest davon überzeugt, dass die Hingabe, der Einsatz und der Mut dafür sorgen, dass meine Träume mit meinem eigenen Willen und Glauben an mich selbst erreichbar werden. Ich hatte viele Träume und mich begeisterte jede Art von Träumen wie Tagträume, Nachtträume und Träume in Form von Zielen. Meine Träume waren geprägt vom Gründen einer Familie, vom Reisen, vom Schreiben mindestens eines Buches, vom Verkauf meiner gemalten Bilder und von Zeiten, die ich in den Bergen und am Meer verbringen wollte.

Liebe Rosmarie, du wirst all deine wichtigen Träume verwirklichen. Du bist durch die intensive Arbeit an dir selbst deinen Träumen bereits nähergekommen – ein großartiger Schritt. Achte jedoch darauf, dich nicht zu überfordern und nicht alles auf einmal oder in kurzer Zeit erreichen zu wollen. Oft können mit kleinen Schritten mehr Erfolge erzielt werden. Vergiss auch nicht auf dein Urvertrauen. Es ist da, du musst es nur zulassen und darauf vertrauen, dass dein Weg sich entfaltet. Manchmal versuchst du zu sehr, Dinge zu kontrollieren, was Stress erzeugt. Vertraue in dich, deinen Körper und auf deinen Weg.

Indem wir loslassen und uns dem Leben hingeben, können wir uns von den faszinierenden Dingen überraschen lassen, die sich außerhalb unserer Kontrolle befinden.

Als ich begann, meine Reisepläne zu schmieden, brach kurz darauf die Corona Krise aus. Mein Umfeld zweifelte an meiner Weltreise. Doch eineinhalb Jahre später brach ich mit meinem Mann zu unserer längeren Reise auf – ein Beweis dafür, dass Träume Wirklichkeit werden können, wenn wir an uns selbst glauben und den Mut haben, ihnen zu folgen.

„Die Unendlichkeit und das Ewige sind das einzig Gewisse." - Søren Kierkegaard

Unendlichkeit

Als ich auf Hawaii auf Oahu, der Hauptinsel der Inselgruppe, durch den Ho'omaluhia, einen der botanischen Gärten ging, verspürte ich einen hawaiianischen Flow, der mich schon seit drei Wochen begleitete. Dieser Ort fühlte sich für mich magisch, gelassen, ruhig und liebevoll an – meine Interpretation von Paradies. Die Vielfalt der Grüntöne, die prächtige Flora und Fauna beeindruckten mich zutiefst. Bei jedem Schritt begleitete mich ein Gefühl von tiefem Frieden. In diesem Moment fiel mir ein Artikel ein, den ich vor kurzem gelesen hatte. Darin wurde berichtet, dass Wissenschaftler herausgefunden haben, dass wir aus Sternenstaub bestehen. Diese Erkenntnis ließ mich das Sterben und den Tod als etwas Natürliches wahrnehmen und daran glauben, dass nichts und niemand jemals im Universum verloren geht. Ich habe schon immer daran geglaubt, dass wir alle Energie sind und diese niemals verloren geht. Die Vorstellung, dass wir aus Staub sind und wieder zu Staub werden, und vielleicht dadurch mit unserer

Energie in irgendeiner Form weiterleben könnten, ließ mich den Tod weniger fürchten.

Es beruhigt mich zu hören, dass du an diesem besonderen Ort solche Gefühle erleben konntest, Rosmarie. Ich weiß, wie oft du schon über den Tod nachgedacht hast und wie schlimm es für dich sein würde, deine Herzensmenschen zu verlieren. Sollte es jemals dazu kommen, nimm dir die Zeit, die du brauchst, um zu trauern. Egal, wie lange es dauert, diese Zeit ist von großer Bedeutung. Vergiss nicht, dass diese Menschen in dir weiterleben, in den gemeinsamen Erlebnissen, in deinem Herzen, in deinen Erinnerungen und vielleicht sogar in deinen Träumen. Ich glaube fest daran, dass wir alle aus Energien bestehen, die immer präsent sind und im Universum nicht verloren gehen können. Ich stelle mir vor, dass es verschiedene Sphären gibt, und jeder befindet sich gerade in der, die er gewählt hat und gerade erfahren möchte. Wenn wir all unsere Erfahrungen in einer Sphäre gemacht haben, lassen wir unseren Körper zurück, um irgendwann, wenn wir bereit für das nächste Leben sind, in eine neue Materie, in einen neuen Körper, ins Leben zu schlüpfen.

Ich las schon mehrfach von Nahtoderfahrungen. Obwohl viele dieser Erfahrungen neurologisch erklärbar waren, ließen sich nicht alle auf diese Weise erklären. In einigen Fällen konnten Patienten sich an das Aussehen und an Gesagtes vom behandelnden Arzt erinnern, obwohl sie für einige Minuten als klinisch tot galten. Es ist sogar belegt, dass Nahtoderfahrungen bei Menschen auftraten, die hirntot waren und keinerlei messbare Hirnaktivität mehr aufwiesen. Interessanterweise berichteten auch Kinder oft von Begegnungen mit ihren Großeltern, obwohl sie diese nie zuvor kennenlernten. Diese wissenschaftlichen Erkenntnisse geben Hoffnung, dass es möglicherweise etwas gibt, das über den physischen Körper hinausgeht.

„Wunder sind leise wie die Sterne."
- Jo M. Wysser

Mein Stern

Ich saß auf der kalten Toilettenbrille mit gespreizten Beinen und sah zu, wie Blutklumpen aus mir tropften. Mein gesamter Körper zitterte und eine Vielzahl von Tränen floss über meine weißgefärbten Wangen. Eine unbeschreibliche Übelkeit machte sich in meinem schlaffen Körper bemerkbar. Ich konnte nicht fassen, was gerade passierte. Ich fühlte mich noch nie so allein und hilflos. Eine Flut von verschiedenen Gefühlen durchströmte mein Inneres.

Mein Arzt führte den Abgang auf genetische Faktoren oder Umwelteinflüsse zurück und erläuterte mir, dass Mutter Natur diese Funktion des Körpers eingerichtet habe, weil der Embryo vielleicht auftretende Fehlbildungen gehabt hätte. Er untersuchte mich gründlich und meinte, dass diese Erfahrung mittlerweile leider 20 Prozent aller Frauen durchmachen müssten. Erschreckend ist, dass dieses Thema noch viel zu sehr tabuisiert wird. Es war nun schon zwei Tage her und meine Augen waren noch immer winzig klein, weil die Flut an Tränen nicht zu zählen war, die ich in den letzten Tagen vergossen hatte. Ich war so wütend und reizbar und kämpfte mich durch den Tag. Vor allem in der Arbeit war es schwierig bei der Sache zu bleiben.

Warum ist das passiert? Kannst du mir sagen, warum?

Rosmarie, ich kann dir nicht sagen, warum es passiert ist, aber ich kann dir sagen, dass du keine Schuld daran trägst. Du darfst dir nicht selbst die Schuld dafür geben. Lass alles raus. Wenn du weinen willst, dann weine. Wenn du wütend bist, dann sei wütend. Wenn du traurig bist, dann sei es. Lass alle Gefühle zu. Wenn dir danach ist, irgendwo hinzufahren, um zu schreien, dann lass deiner Wut freien Lauf. Es ist völlig normal, nach so einem Verlust verschiedene Gefühlslagen zu durchleben. Wichtig ist, dass du alles rauslässt und nicht hinunterschluckst. Schau auf dich und wenn du gerade Zeit für dich allein brauchst, dann nimm sie dir. Fange wieder an zu malen oder zu schreiben oder nutze Naturorte, um loszulassen.

In den darauffolgenden Tagen war ich viel allein. Ich begann ein Bild zu malen. An einem Tag fuhr ich an die Donau und suchte mir einen Platz, an dem ich allein sein konnte. Während ich den Fluss vor mir beobachtete, wurde mir wieder bewusst, dass alles im Leben immer im Fluss ist. Alles ist immer im Wandel. Nichts ist konstant und es wird nie konstant bleiben. Wenn sich alles ständig verändert, dann werden sich auch meine Gefühle, die Trauer und die Wut wieder verändern. Ich nahm ein weißes Blatt Papier und schrieb mir alles von der Seele, was ich dachte und loswerden wollte. Als ich mit dem Schreiben fertig war, las ich nochmals die Zeilen, ging vor zur Donau und legte das Geschriebene auf die Wasseroberfläche. Die Strömung spülte meine Zeilen und Sorgen fort.

„Denn nur dem, der den Mut hat, den Weg zu gehen, offenbart sich der Weg." - Paulo Coelho

Mutige Wörter

Im Masterstudium erhielten wir einen ungewöhnlichen Arbeitsauftrag: Einen Brief an uns selbst zu schreiben, was wir tun und wem wir noch etwas sagen würden, wenn wir nur noch 24 Stunden zu leben hätten. Vier Seiten füllte ich mit meinen Gedanken und dabei wurde mir bewusst, wie viel es eigentlich noch zu sagen gab.

Dies war der Anfang, jedem das zu sagen, was ich von ihm dachte. Es sollte ausgesprochen werden, dass man jemanden liebt, jemanden bewundert, jemanden wunderschön findet oder dankbar für diesen Menschen ist. Was könnte ich schon dabei verlieren? Daher war für mich klar, dass ich alles aussprechen wollte, um nie bereuen zu müssen, nichts gesagt zu haben. Wie viele Menschen hätten sich gewünscht, noch etwas aussprechen zu können? Ich dachte an die unzähligen Schicksalsschläge, die es auf der Welt gibt und die auch meiner Familie widerfahren sind. Vor meiner Geburt starben meine Oma und meine Tante beide plötzlich und überraschend bei einem Autounfall und wurden aus

34

dem Leben gerissen. Oft zögern Menschen, ihre wahren Gedanken und Gefühle gegenüber anderen auszusprechen, da sie befürchten, dass ihre Emotionen nicht erwidert werden könnten. Doch ist es wirklich notwendig, die positive Rückmeldung des anderen zu erhalten, um sich besser zu fühlen? Wenn ich mich nicht getraut hätte, meine Gefühle auszudrücken, hätte der andere vielleicht ebenfalls geschwiegen, und möglicherweise wären wir beide im Unklaren darüber geblieben, welche Bedeutung wir füreinander haben. Deshalb habe ich immer meinen Liebsten und den Menschen, denen ich noch etwas Wichtiges mitteilen wollte, offen und ohne Angst gesagt, was ich dachte oder fühlte. Ich hatte keine Bedenken, dass sie mich auslachen oder missverstehen könnten. Es war für mich wichtig, mit ihnen das zu teilen, und dabei ging es nur um mich und nicht um die Gefühle der anderen. Durch diese Lebensweise wusste ich, dass, wenn mir plötzlich etwas passieren sollte, ich alles gesagt hätte, was ich zu sagen hatte. Ich machte die Erfahrung, dass sich die Menschen darüber freuten, wundervolle Worte zu hören, weil es einfach guttut und man ihnen dabei vielleicht mehr zurückgibt, als es Überwindung kostet, die Dinge auszusprechen.

Das ist eine tolle Erkenntnis, die du aus diesem Arbeitsauftrag gewonnen hast, Rosmarie. Für mich sind nur die Menschen mutig, die sich nicht vor Fehlern und Niederschlägen fürchten. Erinnere dich immer an diesen Brief, den du dir im Masterstudium selbst schreiben musstest. Manchmal lassen sich Wege leichter und aufgeschlossener gehen, wenn man sich bewusst ist, dass die Zeit begrenzt ist und niemand weiß, wann sie abläuft.

„Ohne Schatten gibt es kein Licht;
man muss auch die Nacht kennen
lernen."- Albert Camus

Schattenseiten

Nachdem ich meine letzte Beziehung beendet hatte, erreichte ich einen Punkt in meinem Leben, an dem ich mich sehr frei und unabhängig fühlte. Ich versprach mir selbst, immer auf mich selbst Acht zu geben und mir treu zu bleiben. In meinen bisherigen Beziehungen hatte ich mit toxischem Verhalten, psychischen Problemen und unterschiedlichen Charaktereigenschaften meiner Partner zu kämpfen, die mir viel Kraft und Energie raubten, da ich meinen ganzen Fokus auf meine Partner richtete. Dabei geriet ich oft so weit von mir selbst weg, dass ich aufpassen musste, mich nicht selbst zu verlieren. Später wurde mir bewusst, dass ich diese Erfahrungen vielleicht durchlebte, um zu meiner eigenen Heilung zu gelangen. Ich lernte durch diese Beziehungen mich selbst besser kennen und wusste, was ich auf keinen Fall mehr wollte. Ich verzieh all meinen Expartnern, egal was vorgefallen war, entweder beim Beenden der Beziehung oder danach, und schloss Frieden mit mir, ihnen und diesen Erfahrungen. Vergebung ist eines der wichtigsten Werkzeuge, die wir haben, denn nur dadurch gelangst du wieder zu deiner emotionalen Freiheit zurück und trägst diese Gefühle und Erlebnisse nicht mehr weiterhin in deinem Lebensrucksack mit.

Nach diesen Beziehungen war ich daher nur auf mich selbst fokussiert und meine Bedürfnisse standen an erster Stelle. Es war an der Zeit, nicht mehr anderen helfen und für sie da sein zu müssen, denn ich musste für mich selbst da sein und für mich selbst einiges aufräumen. In dieser Zeit wurde ich möglicherweise von meinem Umfeld als egoistisch und kühl wahrgenommen, doch ich brauchte diese Zeit, in der ich lebte, als gäbe es keinen Morgen. Es waren wundervolle Momente voller Spaß, Spontanität und Begeisterung. Ich folgte Sehnsüchten, die ich zuvor nicht auslebte. Während einer Reise allein kam ich zu einer wichtigen Erkenntnis. Ich verbrachte viel Zeit in der Natur und war mit meinem eigenen Sein beschäftigt. Ich beobachtete Schmetterlinge, ließ mich von den grünen Grashalmen im Wind verzaubern und richtete meinen Blick auf den Himmel, um den Bewegungen der Wolken zu folgen. Plötzlich, in den tiefsten und einsamsten Stunden erkannte ich, dass ich mein eigener bester Freund war.

Diese Zeit war für dich von großer Bedeutung. Genau in solchen Momenten lernst du, allein zu sein, ohne dich dabei einsam zu fühlen. Du hast gelernt, frei zu sein und hast dich von all den negativen Energien deiner vergangenen Beziehungen befreit. Du hast diese Zeit genutzt, um einfach nur zu sein. Hast du dich dabei manchmal wie ein Kind gefühlt? Kinder besitzen noch diese Eigenschaft. Leider verlernen wir als Erwachsene oft den Moment zu leben und ihn zu genießen.

Durch die Erkenntnis, dass ich mir selbst meine beste Freundin sein kann, konnte ich von nun an mir selbst mehr mit Liebe, Vertrauen und Verständnis begegnen. Ich war wieder bei mir selbst angekommen. Einige Monate später lernte ich meinen jetzigen Mann kennen.

„An schlechten Tagen ist die Aussicht auf bessere Tage besser als an guten." - Werner Mitsch

Schlechte Tage

Ich erwachte schweißgebadet, da das Klingeln und Vibrieren meines Handyweckers mich aus einem beängstigenden Alptraum rissen. Schon zu diesem Zeitpunkt spürte ich, dass heute ein miserabler Tag sein würde. Meine Laune war im Keller, ich fühlte mich deprimiert, orientierungslos und frustriert. Dieser Zustand begleitete mich den ganzen Tag über. Am Nachmittag saß ich auf der gemütlichen Couch und fing grundlos an zu weinen. Kurz darauf gab mein Handy den Geist auf und ich konnte nichts mehr damit machen. Zuerst regte ich mich wahnsinnig darüber auf, doch plötzlich empfand ich eine tiefe Erleichterung, denn mir wurde bewusst, dass ich für niemanden mehr erreichbar war. Obwohl ich mich dabei wohlfühlte, überforderte mich diese Situation zugleich. Ich wollte mich nicht mit solch belanglosen Problemen auseinandersetzen. Es war mir einfach gleichgültig. Ich konnte nicht einmal erklären warum ich Tränen vergoss, es geschah einfach. Natürlich lief an diesem miserablen Tag alles schief, da mich diese betrübte Grundstimmung durch den ganzen Tag begleitete. Als mein Mann etwas Belangloses zu mir sagte, das ich natürlich falsch aufnahm, reagierte ich unfreundlich, obwohl er nichts für meinen Zustand konnte. Ich fühlte mich einfach einsam, fremdbestimmt, traurig und wütend zugleich.

Es ist okay, wenn du mal einen beschissenen Tag hast, Rosmarie. Das Leben kann nicht jeden Tag glänzen. Es gibt Tage, an denen du einfach schlecht gelaunt, aggressiv oder auf Konfrontation aus bist. Du darfst dich nicht dazu zwingen, immer gut gelaunt zu sein. Auch wenn du im Grunde ein positiver Mensch bist, der andere aufmuntert, anlächelt und sein glückliches Wesen verschenkt, hast du das Recht, auch schlechte Tage zu haben. Erlaube dir an solchen Tagen einfach zu weinen, zu schreien und all diese Negativität herauszulassen. Du musst nichts unterdrücken und niemandem etwas beweisen. Jeder Mensch hat das Recht, solche Tage zu haben, und das sollte respektiert und akzeptiert werden, auch von deinem Umfeld. Jeder hat diese Tage und braucht sie wahrscheinlich auch. Solche Tage sind meist eine gute Reinigung für dein Inneres und geben dir die Möglichkeit, all das Schlechte loszuwerden, das sich in der letzten Zeit in dir angestaut hat. Du solltest niemals diese Emotionen unterdrücken. Gerade durch solche Gefühlsunterdrückungen können physische Krankheiten entstehen.

An solchen Tagen versuche ich bewusst, möglichst wenigen Menschen zu begegnen. Ich erlaube mir wütend zu sein und meine Emotionen zuzulassen. Es kommt vor, dass ich an abgelegene Orte fahre, wo ich sicher bin, alleine zu sein, und dann einfach laut brülle. Es gibt auch Momente, in denen ich mich einfach hingebe und meine Tränen fließen lasse. Diese Art des inneren Reinigens hat oft eine erstaunliche Wirkung auf mich und hilft mir, mich danach besser zu fühlen.

„Es gibt nichts Schöneres als geliebt zu werden, geliebt um seiner selbst willen oder vielmehr trotz seiner selbst." - Victor Hugo

Vorsicht vor dem Kitschroman

Vor einigen Jahren saß ich auf meiner bequemen Couch, das I-Pad lag auf meinen Oberschenkeln. Ich sah einen herzergreifenden Liebesfilm. Die Emotionen überwältigten mich, und ich sehnte mich nach einer solchen tiefen und romantischen Beziehung. Diese Art von Geschichten, sei es in Filmen oder Büchern, spielen eine große Rolle, weil sie unsere Sehnsüchte und Träume ansprechen, meist bei Frauen.

Die Romantik ist zweifellos von großer Bedeutung in einer Beziehung, Rosmarie. Liebesfilme und -bücher lösen in uns eine Vielzahl von Gefühlen und wecken die Hoffnung auf eine außergewöhnliche Liebe. Sie berühren unsere Herzen und lassen uns von intensiven Emotionen träumen. Es ist, als ob sie uns in eine Welt voller Magie und Leidenschaft entführen, die wir uns in unserer eigenen Beziehung wünschen. Doch trotz all der Schönheit und Faszination, die diese Geschichten in uns bewirken können, sollten wir uns bewusst sein, dass sie oft ein unrealistisches Bild von Beziehungen vermitteln. Es ist wichtig zu erkennen, dass jede Beziehung einzigartig ist und dass wir unsere eigene Liebesgeschichte schreiben. Was in einem Film oder Buch romantisch und idealisiert dargestellt wird, entspricht nicht immer der Realität. Jedes Paar hat seine eigenen Werte, Bedürfnisse und Herausforderungen, und es ist entscheidend, die eigenen Erwartungen nicht von den Medien beeinflussen zu lassen.

Der Satz, dass jedes Paar ihre eigene Liebesgeschichte schreibt, fand ich sehr ansprechend. Solche Filme wollen uns wahrscheinlich Hoffnung geben, dass es die tatsächliche wahre Liebe gibt. Ich glaubte daran, dass wahre und aufrichtige Liebesbeziehungen existieren, aber auch daran, dass sie Arbeit, Engagement und gegenseitige Wertschätzung erfordern. Liebe ist nicht nur ein Gefühl, sondern auch eine bewusste Entscheidung, sich jeden Tag auf den Partner einzulassen und gemeinsam zu wachsen. Es geht darum, einander zu unterstützen, auch in schwierigen Zeiten, und sich gegenseitig anzunehmen, inklusive aller Schwächen und Fehler.

Die Idee, dass wir unsere ganz persönlichen Abenteuer und Erlebnisse teilen würden, um eine tiefe Verbundenheit zu schaffen, erfüllte mich mit

Zuversicht und Entschlossenheit. Liebe sollte eine lebenslange angenehme Arbeit sein, der ich mit Freude nachgehen wollte. Ich glaubte nicht an die Vorstellung, dass es nur einen bestimmten Menschen gibt, der perfekt zu mir passt. Ich war davon überzeugt, dass es Potenzial für eine großartige, aufrichtige und bedingungslose Liebe mit jedem gibt, der ähnliche Werte und Vorstellungen teilt wie ich.

Ich war damals gespannt, welche Liebesbeziehung ich einmal schreiben würde.

„Liebe ist der Wunsch, etwas zu geben, nicht zu erhalten." - Bertolt Brecht

Beziehungen - ein Lernprozess

Vor vielen Jahren hatte ich das Gefühl, mich in jemanden zu verlieben. Ich war wütend auf mich selbst und versuchte, diese Gefühle zu unterdrücken, weil ich wusste, dass eine Beziehung mit dieser Person nur eine unerfüllte Illusion wäre. Trotzdem konnte ich diese Verliebtheit nicht einfach ignorieren. Gelegentlich sah ich diesen Mann und die Gefühle waren immer präsent. Eines Tages beschloss ich, mir zu Hause ein heißes Vollbad einzulassen und mich bewusst mit diesen Emotionen auseinanderzusetzen. Ich erlaubte mir selbst, sie zu spüren und sie anzunehmen, ohne sie zu verurteilen. Dabei hinterfragte ich, warum ich mich zu diesem unerreichbaren Mann hingezogen fühlte. Ich reflektierte meine vergangenen Beziehungen und mir wurde bewusst, dass ich in der Vergangenheit öfter von Unnahbarem angezogen wurde. Ich erkannte, dass ich diese unerreichbaren Ziele verfolgte, um mir selbst zu beweisen, dass ich gut genug, hübsch und anziehend bin. Es wurde mir klar, dass ich versuchte, ein Gefühl, das mir fehlte zu kompensieren und mein Körper mir diese Signale des Verliebt seins gab. In diesem Prozess der Selbsterkenntnis wurde mir klar, dass ich mich mit einem verletzten Teil in mir auseinandersetzen musste, um ihn zu heilen. Ich erkannte, dass dieser Teil tief in meiner Kindheit vergraben lag und dass ich die negativen Erfahrungen aus meiner Vergangenheit heilen musste. Mit dieser Erkenntnis verschwanden die Gefühle für diese Person von allein. Von da an erlaubte ich mir, Gefühle anzunehmen und mich mit mir selbst zu beschäftigen. Ich begann Ängste, Erfahrungen und Selbstannahmen zu transformieren und lernte, mich mit meinem wahren Selbst zu verbinden.

Diese Erfahrung war für dich sehr lehrreich und wichtig, Rosmarie. Sie half dir, dich selbst besser zu verstehen und dich von der Vergangenheit zu befreien. Du erkanntest, dass wahre Heilung nur durch Selbstreflexion und Selbstannahme geschehen kann. Du bist auf einem guten Weg, dich mit deinem inneren Selbst zu verbinden und dich von negativen Mustern zu befreien.

Eine der schwierigsten Erfahrungen in meinem Leben war der plötzliche Kontaktabbruch zu einem wichtigen Seelenmenschen. Ich habe lange Zeit mit Schuldgefühlen gekämpft und konnte nicht verstehen, warum ich von einem Tag auf den anderen keine Antworten mehr von ihr bekam. Erst als ich ihr und mir selbst verzieh und mit Vergebungsarbeit begann, konnte ich diese Erfahrung besser verarbeiten. Manche Beziehungen können nicht immer erklärt werden, sie sind einfach, bleiben es und geben uns in schwierigen Zeiten Halt. Manche Wege kreuzen sich wieder und manche nicht, aber ich werde immer Demut und Dankbarkeit für diese Begegnung empfinden.

„Sich selbst zu lieben ist der Beginn einer lebenslangen Romanze." - Oscar Wilde

Schlüssel zur Liebe

In meinem Bekanntenkreis bekam ich oft mit, dass viele Menschen vergebens das Glück in anderen suchen. Sie dachten, wenn sie mit dieser Person zusammen sind, werden sie endlich glücklich sein. Sie glaubten, dass dieser Partner all das besitzt, was sie brauchen und fühlen endlich angekommen zu sein. Sie hatten ihren Anker und ihren Hafen gefunden. Ich schmunzelte meist, da ich ihre Gedanken nachvollziehen und verstehen konnte, weil es mir früher auch so erging. Doch ich bin fest davon überzeugt, dass Selbstliebe der Schlüssel zur wahren Liebe ist.

Rosmarie, Selbstliebe ist wirklich von großer Bedeutung, vielleicht sogar das Wichtigste überhaupt. Ich glaube, dass nur Menschen, die sich selbst bedingungslos lieben, auch andere bedingungslos lieben können. Natürlich kann man sich verlieben, auch wenn man sich selbst nicht liebt. Verliebtheit benötigt keine Selbstliebe. Doch wenn diese Verliebtheit sich in Liebe verwandeln soll, und zwar in eine echte, beständige und aufrichtige Liebe, dann ist Selbstliebe einer der wichtigsten Aspekte. Wenn wir uns selbst ablehnen, mit unserem Aussehen unzufrieden sind und uns nicht wertschätzen, werden wir möglicherweise häufiger unzufrieden im Leben sein und Streit suchen. Wir neigen vielleicht zu Eifersucht, haben Schuldgefühle oder machen unserem Partner Vorwürfe. Möglicherweise haben wir ein übersteigertes Bedürfnis nach Anerkennung. Wir können nur das geben, was wir selbst besitzen und in uns tragen. Wenn wir keine Liebe in uns selbst spüren, können wir unserem Partner auch keine aufrichtige Liebe schenken. Wir würden von unserem Partner erwarten, dass er uns liebt, obwohl wir uns selbst nicht lieben können. Eine Person, die wenig Selbstliebe hat, nimmt das Verhalten des Partners schnell als Kritik und Zurückweisung gegen sich selbst wahr. Wir dürfen unserem Partner nicht die Verantwortung für unser eigenes Glück übertragen, sonst geraten wir in eine emotionale Abhängigkeit. Das führt zwangsläufig zu Schuldzuweisungen und Vorwürfen, wenn der Partner uns nicht glücklich machen kann. Jeder ist selbst für sein eigenes Glück verantwortlich. Wir können niemand anderen dauerhaft glücklich machen. Daher sollten wir alle lernen, uns selbst zu lieben und nicht darauf zu warten, dass jemand anderer uns dieses Gefühl gibt.

Damit erleichtern wir unser eigenes Leben und das der anderen enorm.

Wenn ich auf vergangene Beziehungen zurückblickte und darüber nachdachte, wie ich mich manchmal behandeln ließ, empfinde ich heute großes Mitgefühl für mein früheres Selbst. Trotz all der negativen Erfahrungen hatte ich glücklicherweise nie meine Angst davor verloren, jemanden zu lieben. Ich denke, dass ich dies meinem Vater zu verdanken habe. Durch seine bedingungslose Liebe, die er mir seit meiner Geburt entgegenbrachte und die ich bis heute spüre, habe ich gelernt, was wahre Liebe wirklich bedeutet. Sein Vorbild half mir, an die Kraft der Liebe zu glauben und meine eigene Selbstliebe zu stärken.

„Da alles ständig im Wandel ist, kann nichts auf Dauer unverändert existieren." - Dalai Lama

Wandel ist Veränderung

An einem heißen Sommertag erinnerte ich mich an eine vergangene Liebe aus meinen Zwanzigern zurück. Im Laufe unserer Beziehung hatte sich mein damaliger Partner stark verändert. Manchmal zeigte er Verhaltensweisen, die mir neu und fremd waren.

Der Fluss des Lebens ist Wandel und Wandel ist Veränderung und Veränderung ist Vergänglichkeit, Rosmarie. Der Fluss des Lebens ist ein stetiger Wandel. Alles verändert sich unaufhörlich. Das gilt auch für uns Menschen. Ähnlich wie die Natur, die Berge, die Seen und die Landschaften sich im Laufe der Zeit verändern, entwickeln wir uns weiter. Seit dem Moment unserer Geburt, ja sogar schon im Mutterleib, sind wir im ständigen Wandel, in stetiger Entwicklung und Veränderung. Wir lernen, wir ahmen nach, wir machen Erfahrungen, wir bilden uns weiter und meistern das Leben auf unsere eigene Art und Weise. Wenn wir erwarten würden, dass unser Partner sich von dem Tag, an dem wir ihn kennenlernen, bis zu dem Tag, an dem wir ihn das letzte Mal sehen, nicht verändert, sollten wir vielleicht gar keine Beziehungen eingehen. Es ist unsere Bestimmung zu wachsen, zu lernen und reicher an Erfahrungen zu werden. Das schließt die Veränderung unseres eigenen Wesens mit ein.

Warum fällt es manchen Menschen schwer, die Veränderungen des Partners anzunehmen?

Zuerst sollten wir uns fragen, ob wir selbst zu diesen Veränderungen beigetragen haben. Haben wir unseren Partner vernachlässigt? Waren wir für ihn da? Haben wir die Beziehung gepflegt? Oder kommt die Veränderung von einem neuen Traum, einer neuen Ausbildung oder der Verwirklichung unseres Partners. Wir haben Angst vor dieser Veränderung und wissen nicht, wie wir damit umgehen sollen? In solchen Fällen glaube ich, dass es wichtig ist, für unseren Partner da zu sein, seine Wünsche ernst zu nehmen und ihn auf seinem Weg zu unterstützen. Wenn es eher darum geht, dass einer von uns sich nicht mehr geborgen, ernst genommen oder geliebt fühlt, weil wir nicht genug Zeit füreinander haben, dann hilft nur eines: reden und zuhören. Nichts ist wichtiger als Kommunikation. Wir sollten über alles offen sprechen können, ohne Angst davor zu haben, dass unser Partner unsere Worte falsch interpretiert, sich angegriffen fühlt oder alles auf sich bezieht. In einer Partnerschaft sollte man über alle Themen reden können, die uns bewegen, beschäftigen oder die unsere Zukunftsvorstellungen betreffen. Offene und ehrliche Kommunikation ist das Fundament einer aufrichtigen Beziehung.

„Wer immer nur auf seine Mitmenschen hört, wird mit der Zeit schwerhörig für seine innere Stimme." - Ernst Ferstl

Diese Stimme

Woher kommt nun diese Stimme? Viele Menschen mögen über ihre Probleme mit Freunden oder Familienmitgliedern sprechen. Das tue ich auch. Aber mein wichtigster Ratgeber ist diese Stimme.

Tränen der Freude überwältigen mich, denn die Wahrheit ist, dass diese Stimme meine eigene ist. Immer dann, wenn ich meine beste Freundin, meinen innersten Ratgeber und meinen Zufluchtsort brauche, schließe ich meine Augen, mache tiefe Atemzüge und begebe mich in meine innere Welt. Meine Herzensstimme beantwortet immer meine Fragen, gibt Antworten auf meine Schwierigkeiten und Probleme und ist mir immer mein treuester Begleiter.

In den vergangenen Jahren, in denen ich so viele bedeutende Erfahrungen machte, wurde mir klar, dass ich all die Kraft und Stärke, die ich benötige, in mir trage. Selbst in meinen tiefsten und schwierigsten Stunden war diese Stimme immer da, und sie hat mich gelehrt, dass ich niemals allein bin. Ich kann immer auf mich selbst zählen und meine eigenen Entscheidungen treffen. Diese Gewissheit, diese innere Stimme zu haben, macht mich unglaublich stark und gibt mir ein tiefes Vertrauen ins Leben. Jede dieser facettenreichen Erfahrungen führte mich auf meine ganz eigene Weise in die Vollständigkeit meines Seins, meiner Kraft, meines spirituellen Weges und meiner schöpferischen Kraft. Ich bin dankbar für jede einzelne Erfahrung und freue mich sogar auf zukünftige Herausforderungen, denn ich weiß, dass gerade aus den schwierigsten, traurigsten und schmerzhaftesten Momenten das größte Potenzial für mein inneres Wachstum entsteht.

Ich teile die Hoffnung, dass jeder Mensch auf seine eigene Weise seine innere Stimme hört und seinem Leben mit Begeisterung, Selbstliebe, Freude, Frieden und Träumen begegnet. Indem wir unsere eigene Schöpferkraft aktivieren, haben wir die Möglichkeit, das Leben zu erschaffen und anzuziehen, das wir uns wünschen.

Also, höre auf deine innere Stimme, vertraue ihr und gehe den Weg, den sie dir weist. Du hast die Kraft, dein Leben nach deinen Vorstellungen zu gestalten.

Hör genau hin! Hör auf diese Stimme!

MARLENE SCHREINER

Marlene Schreiner (geboren als Marlene Hofer) wurde am 1. Juli 1991 in Hainburg an der Donau geboren und war schon ihr gesamtes Leben an künstlerischen Prozessen wie Gedichte-schreiben, Gemälde-malen und Schreiben interessiert. Drei Jahre nach ihrem Bachelorstudium „Volksschullehramt" begann sie berufsbegleitend mit ihrem Masterstudium „Intermediale Kunst- und Kreativpädagogik". Vor allem in den letzten fünf Jahren konnte Marlene durch ihre Selbsterfahrungen in Bezug auf ihre Krankheit, ihre Masterarbeit,, die Auseinandersetzungen mit Liebe, Träumen und ihren Glauben an sich selbst innere Stärke gewinnen, die sie zu diesem Buch „Diese Stimme" motivierten. Marlene ließ der Gedanke, ein Buch zu schreiben nicht los und als sie begann, ihre ersten Worte zu verfassen, konnte sie mit unbeschwerter Leichtigkeit ihren Herzensroman niederschreiben.

Zeitfracht Medien GmbH
Ferdinand-Jühlke-Straße 7
99095 Erfurt, Deutschland
produktsicherheit@kolibri360.de